AF315395

887. 4 Avril
aréchal de Metz (Ch. L.)

802

Chambre des Commissaires-Priseurs
Envoi à la Bibliothèque Nationale
Le

Vente du Lundi 4 Avril 1887

HOTEL DROUOT, SALLE N° 8

TABLEAUX

AU PASTEL

DESSINS ET PEINTURES

Par feu Ch. L. MARÉCHAL (de Metz)

EXPOSITION PUBLIQUE

Le Dimanche 3 Avril 1887

De une heure à cinq heures et demie

COMMISSAIRE-PRISEUR	EXPERT
Mᵉ PAUL CHEVALLIER	**M. E. FÉRAL, peintre,**
10, rue de la Grange-Batelière	Faubourg-Montmartre, 54

IMPRIMERIE D. DUMOULIN
Rue des Grands-Augustins, 5, Paris.

TABLEAUX ET ÉTUDES

DE FEU

Ch. L. MARÉCHAL (de Metz)

IMPRIMERIE D. DUMOULIN
rue des Grands-Augustins, 5, à Paris.

CATALOGUE

DE

TABLEAUX ET ÉTUDES

AU PASTEL

DESSINS ET PEINTURES

PAR

Ch. L. MARÉCHAL (de Metz)

Le tout garnissant son atelier.

DONT LA VENTE AURA LIEU PAR SUITE DE SON DÉCÈS

HOTEL DROUOT, SALLE Nº 8,

Le Lundi 4 Avril 1887

à deux heures.

COMMISSAIRE-PRISEUR   EXPERT

Mᵉ Paul CHEVALLIER | M. E. FÉRAL, peintre
10, rue de la Grange-Batelière. | 54, Faubourg-Montmartre.

Chez lesquels se trouve le présent Catalogue.

EXPOSITION PUBLIQUE : le Dimanche 3 Avril 1887
De une heure à cinq heures et demie.

CONDITIONS DE LA VENTE

La vente sera faite au comptant.

Les acquéreurs payeront cinq pour cent en sus des enchères applicables aux frais.

———————

C. L. MARÉCHAL

1801 — 1887

On sait la place qu'a tenue dans le mouvement
de l'art contemporain Charles-Laurent Maréchal, dont
les œuvres exposées, le dimanche 3 avril prochain, à
l'hôtel Drouot, y seront vendues le lendemain. Mais si
les dernières années de sa longue et laborieuse exis-
tence ont rendu surtout célèbre le nom du peintre
verrier, c'est comme pastelliste qu'il s'était fait connaî-
tre à ses débuts. Les critiques les plus en vue de ce
temps : Th. Gautier, Delécluse, Burger, et après eux :
About, Ch. Clément, bien d'autres encore, consa-
craient, comme à l'envi, par leurs éloges sa légitime
et précoce réputation.

Quand âgé de quatre-vingt-six ans, Maréchal
s'est éteint, le 17 janvier dernier, à Bar-le-Duc où il
s'était réfugié après l'annexion de Metz, sa ville natale, il n'exposait plus qu'à de rares intervalles à nos
Salons parisiens. Mais jusqu'au bout il ne devait pas
cesser de produire, et l'ensemble de son œuvre, mis au-
jourd'hui sous les yeux du public, lui permettra de
juger les dons remarquables et la merveilleuse sou-

plesse de talent de l'artiste qui, exerçant encore à dix-
neuf ans la profession d'ouvrier sellier, devait en
quelques années et coup sur coup, conquérir avec les
plus hautes récompenses aux Expositions universelles,
la croix d'officier de la Légion d'honneur et le titre
de correspondant de l'Institut.

Au fond de la province où il avait obstinément
voulu passer sa vie, Maréchal demanda toujours à
la nature, qu'il aimait avec passion, ses enseignements
et ses inspirations. La sincérité, le goût, les qualités
de coloriste dont il devait plus tard donner tant de
preuves éclatantes, on les trouvera déjà dans ces pre-
mières études qu'il faisait, encore inconnu et pour son
seul plaisir, le long du cours de la Moselle ou au cœur
de ces forêts du pays de Bitche qui allaient bientôt lui
fournir d'autres modèles. C'est là, en effet, qu'il ren-
contrait, parmi des peuplades de bohémiens campées
dans les coins les plus sauvages de cette contrée pittoresque, ces belles filles et ces beaux gars aux corps
souples et nerveux, aux visages basanés, avec leurs
noires chevelures, opulentes et rebelles, leurs regards
à la fois impudents et naïfs.

Personne mieux que Maréchal n'a rendu les types
de ces créatures étranges, paresseuses et violentes,
leur insouciance morale et leur inconsciente poésie ;
personne n'a mis plus franchement en relief les traits
qui les caractérisent .

C'était d'ailleurs un des privilèges de cette organisation si richemeut douée d'aller, en tout et d'abord, à ce qui est essentiel; de voir et de dégager nettement l'impression pittoresque, de la résumer par ses côtés les plus saillants. Séduit par la variété des aspects de la nature, il excellait à exprimer la diversité des saisons, celle des heures du jour et des changeants effets de l'atmosphère. Soit qu'il peignît nos campagnes lorraines avec leurs modestes horizons, le morne silence de nos plaines enfouies sous la neige et les discrètes harmonies de nos automnes ; soit qu'il rapportât de ses stations dans la baie de Naples ou sur les côtes de Provence quelques-uns des lumineux aspects de la nature méridionale, avec leur radieuse magnificence, on retrouvait dans ses œuvres le même charme de sincère et pénétrante interprétation.

Avec son imagination toujours en travail, Maréchal a été tenté par les sujets les plus divers. Il nous suffira de citer parmi les plus importants ouvrages qu'il a laissés : Le Loisir, une de ses plus gracieuses productions et dont il n'avait jamais voulu se séparer ; Christophe Colomb mort dans sa prison, sujet qui lui était cher et qu'il a plus d'une fois traité, et une Madeleine en extase, apportant dans sa vie nouvelle toutes les ardeurs d'une âme purifiée, mais toujours brûlante. L'histoire sacrée ou profane, les scènes de la vie familière sollicitaient tour à tour les crayons du peintre, et comme pour tout artiste digne de ce nom, il lui suffisait des plus humbles éléments : une fleur, des légumes ou des objets les plus vulgaires, pour trouver des combinaisons ingénieuses et des harmonies aussi heureuses qu'imprévues. Dans les moindres croquis, très rapidement enlevés, qu'il en faisait, il manifestait comme spontanément son goût, l'élégance d'une exécution à la fois simple et large, la science consommée d'un coloriste chez qui l'observation et un travail incessants avaient encore développé les instincts les plus rares.

A ce titre, la réunion des copies faites d'après les maîtres par Maréchal est particulièrement intéressante. Ces copies, exécutées pour la plupart dans sa pleine maturité, attestent la sûreté et l'originalité de son talent. Tout en respectant le sens propre des peintres qu'il aimait, le souffle de vie, l'entrain et le feu qu'il a mis dans ces libres interprétations en font de véritables créations. Le pastel, entre ses mains, n'est plus ce procédé léger, gracieux, délicat, mais un peu faible et restreint auquel les artistes du dix-huitième siècle nous avaient habitués.

Il acquiert une vigueur, une puissance et une richesse de ressources qui ont permis à Maréchal de rendre avec un égal succès les chefs-d'œuvre de maîtres aussi différents que Titien, Corrège, Giorgione, Véronèse, Rubens ou Rembrandt.

On le voit, c'est toute une vie d'artiste, avec ses aspirations complexes, qui nous est révélée par tant de témoignages significatifs. On aime à suivre, exprimées d'une manière aussi saisissante, les pensées qui hantaient Maréchal dans cet atelier solitaire où loin des préoccupations fiévreuses de la mode et de la production parisiennes, il demandait au travail les austères satisfactions que seules il sut goûter. Ceux de ses compatriotes qui, après la perte de leur ville natale, se sont fixés à Paris, trouveront représentées, à cette exposition des œuvres de l'éminent artiste, toutes les faces d'un talent qui faisait leur orgueil. Ils chercheront à conserver sous leurs yeux quelques-unes de ces œuvres qui leur rappelleront les années les plus brillantes de cette vieille cité Messine à laquelle Maréchal était toujours resté fidèle et dont il était un des enfants les plus illustres.

En dehors même de ces sentiments d'une piété bien naturelle, les amateurs, les gens de goût reconnaîtront ce qu'il y avait de sève, de vivace et généreuse originalité dans le talent d'un des artistes qui ont le plus dignement honoré notre école contemporaine.

EMILE MICHEL.

DÉSIGNATION

PEINTURES

1 — *Tête d'homme.*
D'après Murillo.

2 — *Tête de jeune garçon.*

3 — *Tête d'homme.*

4 — *Tête de jeune femme.*

5 — *Étude.*
D'après Rubens.

6 — *La Tempête.*

7 — *Portrait de jeune femme.*

8 — *Vieillard et jeune femme.*

9 — *Portrait d'homme.*
D'après le Titien.

10 — *L'Adoration des bergers.*
D'après Ribera

11 — *Tête de l'Antiope du Corrège.*

12 — *Deux Études, sur le même sujet.*

13 — *Portrait de jeune femme.*

14 — *Portrait de jeune homme.*

15 — *Portrait d'homme âgé.*

16 — *Sept petits portraits.*
D'après le Titien, Van Dyck, etc.

17 — *Huit têtes ou portraits.*

18 — *La Descente de croix.*
D'après Jouvenet.

19 — *Les Nayades.*

D'après Rubens.

20 — *Saint Sébastien.*

21 — *Quatre têtes d'hommes.*

22 — *Portrait d'homme.*

23 — *Portrait d'homme.*

PASTELS ET FUSAINS

24 — *Mort de Christophe Colomb.* Pastel.

25 — *Hérodiade tenant la tête de saint Jean.* Fusain.

26 — *Albigeois saisis à l'issue d'un prêche.* Fusain.

27 — *Madeleine défaillante.* Pastel.

28 — *Le Messager de mort.* Fusain.

29 — *Deux jeunes Filles lisant.* Pastel.

.30 — *Portrait d'artiste.* Pastel.

31 — *Ville d'Orient. — Port de mer.* Pastel.

32 — *Jeune Fille tenant un éventail.* Fusain.

33 — *Jeune Fille à la colombe.* Fusain.

34 — *L'Annonce aux bergers.* Fusain.

35 — *Idylle.* Fusain.

36 — *Le Réveil.* Fusain.

37 — *Femme tenant une urne.* Fusain.

38 — *Le Christ au jardin des Oliviers.* Pastel.

39 — *Portrait de jeune fille.* Pastel.

40 — *Les Chasseresses.* Fusain.

41 — *Portrait d'une jeune Alsacienne.* Pastel ovale.

42 — *La Sœur et le frère.* Pastel.

La Fille et la mère. Pastel.

(DEUX PENDANTS)

43 — *Paysanne en buste.* Pastel.

44 — *Tête d'enfant.* Pastel.

45 — *Marine. — Soleil couchant.* Pastel.

46 — *La Madeleine.* Pastel.

47 — *Jeune Bohémienne.* Pastel.

48 — *Portrait de jeune fille.* Pastel.

49 — *Buste d'homme (profil).* Pastel.

50 — *Tête de moine (profil).* Pastel.

51 — *Jeune Fille, vue à mi-corps.* Pastel.

52 — *Un berger.* Pastel.

53 — *Enfant tenant une volaille.* Pastel.

54 — *Branche d'iris.* Pastel.

55 — *Baigneuse au bord de la mer.* Pastal.

56 — *Marine.* Pastel.

57 — *Marine.* Pastel.

58 — *Marine.* Pastel.

59 — *Plage.* Pastel.

60 — *Port de mer.* Pastel.

61 — *Le Petit berger.* Pastel.

62 — *La Fenaison.* Pastel.

63 — *Jeune Homme, en buste.* Pastel.

64 — *Branche d'iris.* Pastel.

65 — *Marine*. Pastel.

66 — *La Petite Bergère*. Pastel.

67 — *Portrait de jeune femme*. Pastel

68 — *Le Lever*. Pastel.

69 — *Marine*. Pastel.

70 — *Berger des Abruzzes*. Pastel.

71 — *Environs de Nîmes*. Pastel.

72 — *Bords du Gardon*. Pastel.

73 — *Vallée de Montreau*. Pastel.

74 — *Bords de la Moselle, — Crépuscule*. Pastel

75 — *Rade de Naples*. Pastel.

76 — *Port de Toulon*. Pastel.

77 — *Rade de Toulon*. Pastel.

78 — *Côte de Salerne.* Pastel.

79 — *Fort de l'Œuf.* Pastel.

80 — *Troupeau dans la campagne de Rome.* Pastel.

81 — *Après l'orage. — Marine.* Pastel.

82 — *Côte de Carrare.* Pastel.

83 — *Port de Marseille.* Pastel.

84 — *Marine.* Pastel.

85 — *Marine.* Pastel.

86 — *Marine.* Pastel.

87 — *Paysage.* Pastel.

88 — *Des Lutteurs.* Pastel.

89 — *Une Plage.* Pastel.

90 — *Buffles au repos.* Pastel.

91 — *Un naufrage.* Pastel.

92 — *Port de mer avec forteresse.* Pastel.

93 — *Marine. — Soleil couchant.* Pastel.

94 — *Arabe, en buste de profil.* Pastel.

95 — *Figure de la Discorde.* Pastel.

96 — *L'Adoration des Mages.* Pastel.

D'après Rubens.

97 — *La Vierge, en buste.* Pastel.

D'après Rubens.

98 — *La Vierge, vue à mi-corps.* Pastel.

D'après Rubens.

99 — *Le Christ descendu de la croix.* Pastel.

D'après Rubens.

100 — *Le Mariage de Marie de Médicis.* Pastel.

D'après Rubens.

101 — *Minerve.* Pastel.

D'après Rubens.

102 — *Marie de Médicis.* Pastel.

D'après Rubens.

103 — *Henri IV.* Pastel.

D'après Rubens.

104 — *Nymphes et Amours.* Pastel.

D'après Rubens.

105 — *Portrait d'un seigneur.* Pastel.

D'après Rubens.

106 — *Le Christ et les Larrons.* Pastel.

D'après Rubens.

107 — *Le Christ en croix.* Pastel.

D'après Rubens.

108 — *La Madeleine au pied de la croix.* Pastel.

D'après Rubens.

109 — *La Mise au tombeau.* Pastel.

D'après Rubens.

110 — *La Communion d'un saint.* Pastel.

D'après Rubens.

111 — *La Vierge.* Pastel.

D'après Rubens.

112 — *Deux figures à mi-corps.* Pastel.

D'après Rubens.

113 — *Le Temple de la Fortune.* Pastel.

D'après Rubens.

114 — *Le Temps enlevant la Jeunesse.* Pastel.

D'après Rubens.

115 — *Fuite de Marie de Médicis.* Pastel.

D'après Rubens.

116 — *Marie de Médicis dans une gloire.* Pastel.

D'après Rubens.

117 — *Groupe de courtisans.* Pastel.

118 — *La Mise au tombeau.* Pastel.

D'après le Titien.

119 — *Le Mariage mystique de sainte Cathe-rine.* Pastel.

D'après le Titien.

120 — *L'Annonciation.* Pastel.

D'après Murillo.

121 — *L'Assomption.* Pastel.

122 — *Le Concert.* Pastel.

D'après le Giorgion.

123 — *Fragment des noces de Cana.* Pastel.

D'après Véronèse.

124 — *Martyr.* Pastel.

D'après le Tintoret.

125 — *Le Sommeil d'Antiope.* Pastel.

D'après le Corrège.

126 — *Le Chemin du calvaire.* Pastel.

D'après Delacroix.

127 — *Portrait d'Homme*. Pastel.

D'après Van Dyck.

128 — *Un Enfant*. Pastel.

D'après Van Dyck.

129 — *Neuf Études*. Pastel.

Têtes de paysans italiens.

130 — *Sous ce numéro, environ cinquante Études ou Pastels.*

www.ingramcontent.com/pod-product-compliance
Ingram Content Group UK Ltd.
Pitfield, Milton Keynes, MK11 3LW, UK
UKHW022332170726
13837UKWH00005BA/2251